소년

이승엽

소년

이승엽 시집

좋은땅

작가의 말

달을 좋아한 소년의 변명도 핑계도 사랑하기로 했으니 어쩌면.
여전히 고개를 들었습니다.

끊임없이 외로울 수많은 날들에게,
그리고 나의 할머니 故김임수께.

2024년 8월 도쿄 카네가후치 어느 찻집에서.

차례

2부

3부

4부

1부

홀린듯 쓴 시

유리창 밖으로 펼쳐진 주택가는
곧 닿을 듯 다닥다닥 붙어 있다
옹기종기 붙은 타일들이 바닥을 만들듯
하나의 거대한 바닥을 만들어 냈다

시끄러운 소리를 내는 낡은 전철을 타고
수많은 인생을 지나
오늘 펼쳐질 일들을 향해 가고 있다

강력한 에어컨 바람 소리가 들리고
사람들은 팔을 드러내기 시작했다
홀린듯 써지는 시 한 편처럼
여름은 불쑥 나타나기도 한다

여름이 되면 하고 싶었던 일들을 기억한다
치바의 어느 해수욕장에서
파도소리를 들으며 모래사장에 누워 있어야지
요코하마의 어느 항구에서

뱃소리를 들으며 담배를 피워야지

여름이 나를 부르고 있었다

노르웨이의 숲

창문을 뚫은 햇빛이 얼굴을 사정없이 쏘아도 맞서야 했다
깨고 싶지 않은 꿈이 진행 중이었으니

햇빛이 강해질수록 니가 옅어지는데 너를 잡을 수가 없었다
넌 그곳에만 존재해서

습관처럼 물을 마시고 습관처럼 담배를 피우고 습관처럼
책을 읽었다
이 모든 습관의 가운데 네가 존재했다

하늘색 하늘 하늘색은 하늘이 없다면 무슨 색일까

구름은 매 순간 어디로 사라지나

볼 수 없는 걸 그리워한다는 건 어리석은 일이겠지만
나는 매일 어리석은 사람이 되고

내가 좋아한 작가는 문장 하나로 나를 울린다

내가 어떻게 너를 잊을 수 있겠니

그러게
내가 어떻게 너를 잊을 수 있겠니

한 송이 꽃

불쑥 핀 꽃 한 송이가
내 온몸을 칭칭 감는다
그저 예쁘기만 한 한 송이 꽃이 아닌
내 온 마음을 세게 감싼 꽃
내 온 신경을 다 가져간 꽃
내 온 시선을 다 빼앗은 꽃

언제인지도 모를 만큼 불쑥 마음에 앉아
어느덧 이리 만개해 버렸다
그 속박에서 벗어날 수 없다
이미 한없이 약해져
어쩌면 가장 뻔한 표현을 빌렸다

다 빼앗기고도 더 빼앗기고 싶다
너에게 물들어 가며

너는 더 세게 나를 감싸라
난 뽑지도 꺾지도 못한 채 그저 갇혀 있고 싶다

시들지 말고 내 마음에 마음껏 꽃을 피워라

널 볼 수만 있다면

그저 그거면

나는 충분할 테니

그 정도면 될 테니

초라한 밤

형광등은 늘 외롭다
따뜻한 옷을 입어 더 외롭겠다
얼음 세 개 담긴 내 술잔은 차가운데 내 몸은 뜨겁다
저 외로운 조명이 날 쳐다보면 얼음은 녹고
술은 미지근해지고 몸은 차가워진다
이 새벽은 얼음 녹는 소리가 들릴 만큼 조용하고 난 이것이
괴롭다
시계는 결승선 없는 마라톤을 계속하고 나는 시계에 갇혀 있다
맹렬히 질주하는 바늘을 따라가지 못 해 갇힌 채 서 있다
엄마 나이를 듣고 놀란다
엄마 나이가 생각보다 많다는 게
어느 순간인가 놓쳐 버렸다는 것에
칼로 깎은 연필을 손에 쥐었다
어쩌면 이건 도망
회피
내 곁의 결핍과 핑계로 숨었다
어디까지 도망칠 수 있을까

이 초라한 밤에서

나를 꺼내 주나

나무

100년인지 200년인지
소문만 무성한 나무야

내 한 줌의 시선으로
감히 담을 수 없는 거대한 나무야

너는 모든 것을 봤을 테지
그러니 모든 것을 기억하니

너의 앞에 놓인 나무 정자에서
웃던 내 할머니의 웃음소리를
그녀의 목소리를 기억하니

동네 할머니들과 뜨거운 태양을 피해
네 곁에 모여 웃음소리 만발하던 때를
목격했을 테지

반은 생명을 돌려주었고

반은 걷기를 거부했어

내 할머니도 죽었어

늙어 가는 세월을 모두 목도한 너는 더 슬프니
혹은
무수한 세월을 지내며 겪은 어떠한 익숙함이니

나는 한 번만 다시 담고 싶어서
네 앞의 할머니가 여전히 웃고 있어서

오늘은 할머니 목소리가 기억나지 않았네
건강하라는 목소리가 들리지 않아서
술을 끊어야 하나 생각하며
또 한잔을 비웠네

물고기 두 마리

너와 나 사이의 거대한 바다를 가로지를 수 있을까
물결이 거칠고 바람이 거셀 거야

연의 바다를
삶의 바다를
시간의 바다를
순간의 바다를

이 모든 바다를 가로질러 닿게 되면
마침내 나눌 수 있을까

젖은 옷을 말리고
젖은 몸을 씻기고
포근히 다정히

숫자를 믿지 않을 거야
확률은 언제나 희망을 빼앗아서
첫발을 내디딘 나를 봐 줄래

그래도 여전히 우리 같은 하늘 아래라는 것은 꽤 희망적이야
같은 비를 맞고 같은 달을 봤어
오늘 밤하늘의 수많은 별들은 가능성이었지

함께 흐르다 흐르다 어느 곳에서
그때 손을 잡는 거야
깍지 낀 두 손을 천천히 흔들자

"참 많은 시간이 걸렸어"
라고 눈을 마주하며
나는 또 네 눈에 빠져
소리를 지를 거야

아무도 들을 수 없게

아무도 닿을 수 없게

아무도 멈출 수 없게

그러니 오늘은 눈을 감을래

밤 어딘가

인간의 연이란 건 한낱 가벼운 어떤 한 마리 새의 날갯짓에
불과하단 걸
그렇게 깨닫게 되나 봅니다
공존했던 날들을 뒤로하고 목소리가 희미해질 때 문득
이리 볼 수 없어진 사람이 많아지는 현실감이 괴롭게 소용돌이
치네
산다는 건 인연이 늘어 가는 것이고 희미해지니 외로워지는 것
고로 산다는 건 끊임없이 외로워지는 일
축복과 지옥 그 사이 어딘가에서
선물과 불행 그 사이 어딘가에서
어김없이 하염없이 헤매던 어느 밤이었습니다

세월

그리 좋아하시던 꽃이 되었나
집 앞으로 심지도 않은 꽃들이 만개했다
시선이 닿은 꽃 곁을 맴도는 저 나비인가
벌레 한 마리 함부로 잡지 않던 소녀는 없었지만
분홍색 꽃으로 하얀색 나비로 내 발등에 앉은 새빨간
고추잠자리로
나를 반겨 주네 어서 오렴 우리 손주
목소리 들려와 고개 돌렸더니
소녀는 부끄러운지 도망갔네

쓸쓸함을 눈에 담은 할아버지는 작열하는 태양 아래 잠시 밝았다
손주를 기다리며 밝은 옷을 차려입고 웃었네
일제시대의 이야기를 들려주며
서툰 일본어를 들려주며
태평양전쟁의 경험담도 들려주며
옛 생각에 잠시 소년이 된 할아버지와 친구가 되었네
나였던 소년과 내가 될 소년 사이에는 세월이라는 묘한 존재만
있을 뿐이었고

할아버지 손가락 사이의 담배처럼
할머니 없는 첫 추석이 익어 간다

달이 예쁘네요

달은 네가 아닌데
왜 자꾸만 쳐다보게 되니

내 괴로움을 알아줘
어떤 그리움을 알아줘

오늘 달은 편히 누웠구나
게다가 아주 선명하고 밝구나
정말 예쁘구나

달은 네가 맞았네

내가 좋아한 영화에서는
달이 예쁘다고 말하는 건
당신을 사랑한다는 의미라고 했어

오늘 달이 예쁜 건 네가 예쁘기 때문일 거야

하고 싶은 말이 많지만
달은 멀기만 하네

괜히 고개만 더 들어 보았다
괜히 뒤꿈치만 올려 들었다

오늘 달이 참 예쁘네요

시인으로 살지 마라

시인으로 살지 마세요
시인으로 산 그의 한마디
시인으로 어렵게 살지 말라던
아팠던 한마디

돈 안 되는 글
배고픈 시인
죽은 문학
가난한 예술
모든 걸 겪은 자의 한마디

그가 온 길이 아파서일까
평생을 쓰던 그의 슬픈 한마디가
나는 너무 아팠다

그가 떠나고
시인으로 살지 마라
시인으로 살지 말란 말

여전히 머금은 채
가난한 시였지만
불행하지 않았을
종이를 넘겼다

날 울렸던 그들의 글을
멸종을 막던 당신들의 삶을
살아야겠다고 여전히

장례 마지막 날

할아버지의 지팡이는 연신 비틀대고
쇠약한 다리를 질질 끌었다
작은 할머니의 허리는 곡선을 그렸고
큰 할머니는 유모차에 온몸을 지탱했다
할머니는 죽었다
비는 늙은이들을 매몰차게 때렸고
내 손에 들린 우산은 하염없이 농락당했다
하늘도 이리 슬프게 울어 주나
영정사진을 끌어안았다
세월이 밉다 공평하지만
시간이 야속하다 올바르지만
늙은이들을 볼 때마다 야위어 가고
필름 속 할아버지는 없었다
서글픈 어느 인간의 손이 내 손을 잡고 느리게 다리를 겨우 움직였다
세월은 하나씩 하나씩 준 것을 앗아 갔다
소년 소녀의 풋풋함을 앗았고 꿈을 앗았고 마침내 건강을 앗고 있다

대성통곡의 현장에서 젊었을 늙은이들의 청춘을 스케치하며
글썽거리는 눈을 빗물로 덮어 버렸다

쓰임 없는 것들

다 쓴 건전지
비워진 술병
고장 난 휴대폰
시든 꽃
떨어진 낙엽

쓰임 없는 것들을 애정한다
다 써 버려
더 이상 가치를 잃은 것들
쓰레기장에 처박혀
부서지러 태워지러 묻히러 갈 것들
내 날들을 밝혀 준 것들을
버리지 못하고 있다

쓰임 없는 것들
무용한 것들
찬란했던 것들
참 고마운 것들

연(緣)

살기에 만나 생긴 수없는 인사
스쳐 가고 또 머물러 있다

머무르다 또 걸어갈 테니
다시 누군가 머무를 테니
나 또한 누군가에겐 머물러질 테니

닿고 떨어지는
씁쓸한 인사의 연속
같은 시간에 공존한
잠깐의 인사

떠난 만남
그리고
떠날 만남

2부

언제라도

잊혀질 수 있는

인연 따위를

사랑했어 난

어떤 여자

진동의 떨림 한 번이 나를 죽이고 살린다
온 신경을 빼앗긴 채로
하루를 어떤 여자만 보았다 하루는 이틀 삼 일이 되고
하루는 끝나지 않는다
짧은 말 한마디에 웃음은 흘러나오고 때론 긴 공백이
나를 떠나지 않는다
아무것도 할 수 없는 상태가 되어 머리를 비워야 해서
달을 등지고 달렸다

어느 강변까지 어느 야구장까지
계속해서

지친 몸을 앉히고 맥주를 벌컥 마셨고 순간 핸드폰 화면이
켜졌네
손을 뻗으며 다시 달렸다
그리고 웃어 버렸어

여름의 소부선

여름이 아무리 뜨겁다 해도
세상을 멈출 수는 없었다

전철은 쉴 새도 없이 채워진다

순환하며 세상을 뜨겁게 더 뜨겁게
사라지는 만큼 채워지니 어쩌면 인류는 영원할까
이방인의 마음으로 생각했다
언제나 세상에서 이방인이었으니

유리창 앞에 서서
문 하나를 두고 본 바깥세상은
제법 넋 놓고 볼 법했다
현실을 헷갈리게 할 정도로

어느새 자유를 꿈꾸는 죄수가 되어
내가 찍은 사진에 갇혀 버렸다

인간은 자유라는 형벌에 처해 있다는
어느 철학자의 말을 반박했다
적어도 지금은 여름이 형벌이었으니

길게 뻗은 강을
녹색의 강물을

사실 물에는 색이 없지만
여름의 뜨거운 잔디밭과
수십 그루의 푸른 나무가 허락 없이 강을 만진 탓이다

여름이 만들어 낸 윤슬에
또 생각은 바뀌어 축복일까 하다가

동의도 허락도 없이 세계는 데굴데굴 굴러 가고 있었고
어디로 가고 있는지 알 수도 없게

잔디 깔린 야구장을

짧은 터널을

많은 것을 지나며 살고 있었다

너이기를

만남의 끝은 헤어짐이다
사랑의 끝은 이별이다
인간의 끝은 죽음이다
모든 건 언젠가 끝이 난다
다 그렇게
끝이 났다
그럼에도 나는
너를 사랑한다
내 끝은
너이기를 바라면서

죄와 벌

태양이 달 뒤에 숨은 밤에도 잠들지 않았다
지루해진 태양이 아침을 만들기 시작할 때도
무언가에 쫓기는 사람은 잠들 수 없었다

어떤 불안과 초조로 주먹만 한 뇌는 쉬지도 못 한 채
그것들이 자꾸 쫓아오고 나는 하염없이 도망쳐야 했어
그것들에 잡히면 나는 고통스럽게 찢길 것이 자명해서

어느 공포는 24시간 동안 인간의 눈을 뜨게 한다 잠을 자야 하는데
모든 장기들과 뇌에게 휴식을 주어야 하는데

자꾸 유리컵의 얼음이 갈라지는 소리를 낸다
건강을 잃는 소리 같아
하여 유리를 삼켜 버린다

등에서 얼음이 녹고 에어컨 온도를 낮추자 몸이 떨렸다
이불을 덮어 쓰고 쫓아오는 그것들로부터 도망치기 시작했다

물웅덩이를 피해 가로등 불빛을 피해 진흙탕을 피해
기도를 중얼거리며 달렸다

어느새 그것들이 무엇인지 잊어버렸고
뒤를 돌아봤을 때는 어둠뿐이었다

주사

허리가 찌그러진 맥주 캔은 조명 빛을 거부한다
말라비틀어져 초라해진 오징어는 더 이상 발언하지 못 하고
식탁의 시간은 그대로 멈춰 있다

술잔은 하염없이 움직이고
시각은 좁혀졌다
병아리를 키웠던 기억이 왜

닭이 될 것만 같던 동심을 그리워하나

머리카락은 팔을 스쳐 바닥으로 떨어진다
붙잡을 수도 없이
과거처럼 후회처럼

사랑하는 사람과 사랑했던 사람
누굴 생각하나

죽는 상상을 해 본다

할머니 산소에 가고 싶어서

막걸리를 마시고 싶다

걸을 수 없는 바다를 걷다

나를 닮았다고 생각했던 네 눈동자와 눈이 마주쳤어
네가 이곳에 없어도 나는 너를 볼 수 있네
어떤 잔상일까
술에 취해 버린 걸까

잠은 오지 않고 뜬 눈으로 아침을 죽이다 네 시선을 느꼈어
결국 미쳐 버린 걸까

네 손을 잡고 달렸다
그곳엔 바다가 있고
바다가 있는 곳엔 자유가 있어
우리가 조금 은밀해져도 되고
과감해져도 괜찮을 거야

넌 내가 좋아한 눈동자로 웃어 주는구나
그렇게 예쁘게 웃어 준다면
온몸이 흠뻑 젖어 추위에 떨어도
여전히 여름일 거야

내가 좋아한 네 눈과 네가 좋아한 여름과 우리가 좋아한 바다를

하염없이 걷자

꼭 잡은 두 손이 나침반이 되어 주겠지

걸을 수 없는 바다를 걸어 볼래

나는 윤동주를 쓰지 못한다

스물다섯
별 헤는 밤을 쓴 윤동주의 나이였다
같은 스물다섯의 나는
별 옆에 앉아 밤을 펼치고
달을 읽고 윤동주를 쓴다

뚫어져라 밤하늘을 보기도
내뿜은 담배 연기로 별 하나를 가려 보기도
연기가 눈을 가렸다 지워졌다를 반복해도
나는 별 헤는 밤을 쓰지 못한다
내가 줄담배를 피워 대며 별을 아무리 헤도
그런 시 한 편도 쓰지 못하는 건
나라를 잃는 아픔이 없어서일까
가지려 해서일까

나는 푹신한 의자에 앉아 윤동주의 시집을 읽는다
좋아하는 시인의 시를 읽기 위해
시집을 겨우 빌려 베껴 쓰던

그와는 달리

나는 내 나라를 잃어 본 적이 없다
나라를 잃어 가지만
시 쓰는 것 외에 아무것도 할 수 없어
부끄러움을 토해 내던
그와는 달리

나의 시는 쉽게 쓰이지 않는다
어려운 인생에 쉽게 쓰인 시를
부끄러워하던
그와는 달리

그래서인가
나는 별 헤는 밤을 쓰지 못한다
나는 그를 쓰지 못한다
나는 윤동주를 쓰지 못한다

그렇지만
시인이란 슬픈 천명인 줄 알면서도
한 줄 시를 적었던 그처럼
지금 나 한 줄 시를 적어 볼까

미래의 아이

널 닮은 뒷모습을 보고 문득 너일까 생각했다
이리 쉽게 운명적일 수 없겠지
내 삶은 타이타닉도 노트북도 아니니
더 좇아갈 수 없었네

지금 또 내게 떠오른 시
넌 혹시 가끔 떠올리니
나 여태 잊을 수 없는 그 밤을 너도
실수투성이였던 나를

멀어진 시간과 다시 떨어진 우리 사이의 그 선을 너도 보고 있니

운명이라면
운명이라면
내 입버릇이 되어 버린 말이야
할 수 있는 건 네 생각과 기도뿐이네
너, 운명, 기도
이 단어들은 예쁘다

조금만 기다려 줄래

네 손목에 묶어 둔 선을 꼭 봐 줄래

그저 그런 시

써 내려갈 글자만이 보일
희미한 등불과
작은 공책 한 권
칼로 투박하게 깎은
몽당연필 한 자루를 쥐고

꾹꾹 눌러 쓰는 글씨에
꽤 많은 걸 담는다

이 밤의 깊이도
내 겯핍도
사소한 분노도
조금의 외로움도
후회도 미련도
반성도 변명도 고백도
그 모든 쓸쓸함도

모든 걸 담아내니

내 나약함에서의

잠깐의 해방

그런 시 한 편

그저 그런 시 한 편

성악(性惡)

어릴 적 선생님들은 지옥에 가면 악마들이 들끓는다고 했지. 지옥에는 절대 가고 싶지 않던 너와 나는 착한 일을 하려고 애썼어.
내가 선생님의 나이가 돼 보니 말이야. 지옥 같은 건 없을지도 몰라. 아니지. 어쩌면 이곳이 지옥인 거지. 악마들이 들끓는 곳은 여기였으니까.
매일 수십만 명의 악마들이 태어나. 수십만 명의 악마들이 죽기도 하지. 그러니 악마는 줄어들 수가 없어.
그런데 그런 거라면 나도 악마잖아. 악마 주제에 지옥을 걱정하다니 우습지. 사실 지옥은 이곳이었던 거야. 너와 나는 이미 악마였던 거야.
그러니 겁내지 마. 무서워할 필요도 없지. 이미 악마였고 지옥에 살고 있으니 말이야.
하느님은 더 이상 인간 세상을 사랑하지 않나 봐. 그래서 세상을 지옥으로 만드신 거야.
그런데 그럼 우린 죽어서는 어디로 가는 거지.
지옥에서 태어나 지옥에서 죽어 또 다른 지옥으로 가는 걸까. 결국 죽어서도 또 지옥인 걸까. 그래도 죽게 되면 아름다운 세상에 가고 싶은데. 그마저도 허락되지 않은 걸까.

죽어서는 평화롭고 따뜻한 낙원에 가고 싶으니까 오늘은 착한 일을 세 개 해야겠어. 하루에 세 번씩 착한 일을 하면 분명 계신 그곳으로 날 데려가 주실 거야. 이 불쌍한 악마를 구원해 주실 거야.

언젠가

너도 나와 같은 기도를 했을까

우리 같은 시간에 같은 곳에서
같은 신께

같은 기도를 했니

너를 내 곁에 남겨 달라 빌었어
언젠가라는 단어를 덧붙였고

눈을 뜨니 너와 눈이 마주쳐서
들킨 걸까 생각도 했다

가고 싶은 곳을 함께 가 주는 사람이 좋다던
너의 그런 사람이 되고 싶었고

아이를 가지고 싶다는 네 말에
처음으로 그래도 좋겠다고 생각했다

두려움과 무게감으로부터의 해방감도

그날 너의 기도는 무엇이었을까 자주 생각해
언젠가 다시 우리가 눈을 마주한다면
너의 기도를 듣고 싶어

넌 어떤 기도를 했니

3부

낙엽 떨어진 밤

삼십 분을 혼자 걸어도 즐겁기만 해
어김없이 찾아온 가을과
그가 준 새벽 공기에 취기는 짙어지고
팔을 스치는 바람과 콧구멍을 타넘는 바람
젊음이 영원할까
엄마와 함께할 수 있는 날이 얼마나 남았나
떨어지는 낙엽에 얼굴을 베였어
달빛은 여전했고
신호등은 묵묵하네
누군가를 걱정하며 나를 걱정했다
내가 멈추면 차가 지나간다
차가 멈추면 내가 지나간다
누가 만든 세상일까
걷다 지쳐 담배를 피웠어
보고 싶은 사람과 볼 수 없는 사람은 같기도 다르기도 해서
혼자 담배만 태워 버렸다
날 닮은 달이 날 지켜 주는 가운데

걷다 보니 별도 하나 발견한

젊은 오늘을 사랑하며

소녀

꽃을 좋아하는 소녀가 있습니다
소녀의 시골 마을에서 길을 걷다
꽃을 발견할 때면
꽃보다 아름다운 미소로
환하게 웃으며 꽃을 바라봅니다

꽃의 죽음과 부활과 함께
소녀는 여인이 되었습니다
딱딱한 아스팔트에 환한 꽃들이 잠겼습니다
힘겹게 고개를 내밀곤 합니다

꽃과 떨어진 여인은 엄마가 되었습니다
여전히 꽃을 좋아하는 소녀를 품은 채
꽃을 보러 산으로 강으로 가는 소녀가
아들은 꽃을 보고 활짝 웃는 엄마를 보며
활짝 웃습니다

그리 예쁠까요

저리 좋을까요

엄마는 엄마지만 소녀인가 봅니다

엄마가 되었지만 여전히 소녀인가 봅니다

꽃이 예쁜가 봅니다

꽃밭에 살고 싶나 봅니다

꽃이 되고 싶나 봅니다

빗속에서

저 버스는 어디를 가나요

어디까지 갈 수 있으며

그런데 어디서 온 거죠

저 줄무늬 차는 어디를 갈까요

어디서 와서

비가 쏟아지는데

우산이 하늘을 날아요 수많은 우산이 공중을

나는 어디로 가고 있었죠

어디서 온 건지 기억이 나지 않는데

기억이란 게 있긴 했는지

어디로 가야 하는지도

저 버스에 올라타면 알 수 있을까요

많이 잊어버렸네 길을 잃어버렸네

나무가 휘청거리다 무너졌어요

사람이 깔려 죽었네

우산을 날려 보내고 비를 맞아 버렸어요

단어들이

문장들이 씻겨 나가요

오늘 밤은 유독 어두워요

방향을 찾을 수가 없어서

가만히 서 있었어요 영원히 내릴 것만 같은 빗속에서

레코드 바

락 음악을 좋아하지 않지만 그 밤의 멜로디는 아름다웠어

시끄럽다고 생각한 고음에 네 눈을 봐 버렸고 충분했어

억지로 더 술잔을 비우며 널 보며
이대로 시간을 멈출 수 없을까

바보 같은 생각도 해 버렸네

네 손을 본 이유는 그 손을 잡고 싶어서고
그 손을 잡지 못한 건 용기가 없어서고
널 잡지 못한 건

왜일까

너와 들은 음악 타들어가 버린 담배 빈 술잔
모두 너였어 난 늘 바보였지만

음악이 커질수록
네 목소리가 뚜렷해지고
네 표정이 선명해졌다

깜빡이는 눈동자도
예쁜 말 하는 입술도
따라 움직이는 콧방울도
네 모든 순간을 안아도 괜찮을까

꽤 취해 버렸어 어쩌면 나

당신의 별

담배 연기 내뱉으며
고개 들어 별을 보았는데
부끄럽게도 어떠한 생각도 들지 않습니다
뚫어져라 아무리 쳐다보아도
울림이 느껴지지 않습니다

당신이 보던 별과
내가 보는 별은
다른 별일까요

별 하나를 보고도
삶을 반성하고
삶을 다짐하고
참회하던 당신이 보던 별은
어떤 별인가요

어쩌면 난 망가진 영혼이 되어 버린 걸까요
오염되어 버린 걸까요

나는 왜 별을 보고도 아무 생각 할 수 없었나요

윤동주의 별과
이승엽의 별은
무엇이 다른가요

당신의 마음과
나의 마음은
무엇이 다를까요

비둘기도 입맞춤을 한다

정신없이 이리로 저리로 나는 수 마리의 비둘기 무리들 사이
색이 다 바랜 녹슨 환풍구에 앉은 두 마리의 비둘기는 서로에게
시선을 떼지 못 한다
이윽고 자신의 부리를 옆의 부리로 거칠게 거칠게 휘두른다
둘만의 공간으로 한없이 빨려 들어간다
격렬함인지 민망함인지 날개를 펼쳐 더 은밀해지기도 한다
이 도시의 소음과 찬 봄바람 따위는 개의치 않고 더 깊이 서로
에게 빨려 들어간다
모든 걸 잊은 채 그저 격렬히 서로를 탐닉한다
저 두 마리의 새도 사랑을 한다
모든 걸 잊고 그저 뜨거운 사랑을 한다
눈이 있어도 보지 못하고
귀가 있어도 듣지 못하니
저들의 사랑도 결코 위대하다
사랑하는 것만으로 마침내 살아진다
사랑하고 또 사랑하라
순수하게 사랑하고
격렬하게 사랑하라

무용한 한 생명이 할 수 있는 건 그뿐이니
사랑으로 만들어진 존재에게 허락된 건 그것뿐이니
사랑을 해라
한없는 사랑을 해라

어른이 되어 버린 아이

나도 모르는 새
어른이 되어 버린
아이
무거워
어른이

시간에 휩쓸려
그대로
되어 버린
어른이
무거운 텅 빈 아이

상상

당신의 장례식을 상상해 본 적 있습니다
생각하기 싫었지만 생각이란 건 하지 않으려 할수록 선명해져서
눈물이 볼을 스치다 목 놓아 울던 나를 발견하고
언제가 올 날을 오지 않을 날이라 부르는 게 희망이겠죠
그렇다면 희망은 잔인한 단어군요
내 앞을 걸어가는 당신의 모습을 카메라로 찍었습니다
사진은 시간이 멈춘 곳이니 희망적인 느낌이네요
시간이 멈춘 세계에 당신을 가둬 두고 싶어 몇 장 더 찍었습니다
이렇게 멈춰 있다면 떠나보낼 일도 없을 테니
사진 속 당신은 웃고 나는 사진 밖에서 웃었어요
순간의 희망에 속을지라도 아직은 슬퍼하지 않기로
슬플 시간에 슬퍼하는 그저 시간이 시키는 대로 겪을 수밖에요
이런. 언제 저기까지
같이 가요

시선

나뭇잎이 염색하기 시작한다
푸르던 머리를 붉게 물들이고
구름은 점점 더 닿을 수 없는 곳으로 높이 간다

빨간 잠자리가 머리를 먹으려 해서
나는 머리를 짧게 잘랐다
머리카락이 우수수 떨어질 때
내가 추락하는 듯해서 서글퍼지기도 했다

강물 앞에서 맥주를 마시다 보면
충동적으로 물에 뛰어드는 상상을 한다

바람이 짧아진 머리카락을 마구 흔들고
메뚜기가 발밑을 뛰는 광경이 낯설어서 고개를 돌렸다

그녀가 샛노란 꽃 앞에 쪼그려 앉아 밝게 웃는다
한 송이 꽃 함부로 만지지 않는 어느 마음이

꽃잎 하나 소중히 다루는 어느 마음이
가을의 입구에서 나를 당긴다

원망

어찌 그리 가혹하셔야 했는지
죽음으로 범벅된 기구한 삶을
죽지 못했기에 살아남은 상처 받은 영혼을
이제 그만 사하여도

던지는 돌 온몸으로 맞고
칼바람에 찢어진 볼을 감싸면
원망 정도 옳지 않았나

살았고 남았고 사랑했는데
끝내시지 않았네
사랑하는 방법을 몰랐지만 사랑했음을
생존한 값을 치러야 했으니

별 하나 없는 기구한 밤에
달빛마저 냉정한 잔인한 밤에
고아가 되어 버린 한 소년에게

교복이 감사했던 어린 소년에게

아직 숨겨 두셨길

텅 빈 방

차 있던 공간이
비어 버리고
사무치는 외로움과
남겨진 공간들

사람 하나 떠난 곳이지만
남은 게 없이
텅 비어 버렸다

전부였구나

내 시가 된 너

시 쓰려 잡은 연필은
결국 너를 쓰고 너를 그린다

그렇게
내 시가 된 너와
네가 된 시로
내 공책엔
네가 가득하다

혹시 어디선가
나의 시를 읽게 된다면
사실 그건 너의 시다

술은 나를 죽이며 취기는 나를 살리며

낄 수 없는 거대한 세계에서
취기로 존재를 연명한다
어느 개미로
아스팔트를 기고 기고 기어도
언젠가 발자국에
혹은 어느 바퀴에
깔려 죽었다 몇 번이고

달을 볼 수 있었다
어느 날은 상현을
어느 날은 하현을
재수가 좋으면 보름달을

달은 그저 멀기만 하니
악취를 풍기면
살아남을 테지
신을 핑계로 취하고 취하면
별도 달도 구름도 무의미하다

할머니가 보고 싶다
눈물은 팔렸다
삶이라는 게
죽는다는 게

부재중 전화

빨간 조명을 받은 십자가
정치 메시지를 던지는 현수막
하늘을 가리는 마구잡이 전선줄
낙엽을 밟아 죽였다

이 세상은 가짜야
누가 말했지

집에 조심히 들어가라는 전화를 분명 받았는데
부재중 전화가 쌓여 있다
전화를 걸 용기가 난 없네

살아간다는 건 잃어 가는 것이라니
기억과 추억은 혼돈에 빠졌네
길을 따라 걷다 보면
잊고 산 얼굴들과 마주 걷는다

그렇구나 당신은 죽었군요

난 산 사람인가요 죽을 사람인가요
보고 싶은 사람을 보고 산다는 건 행운이었어요
행운에는 유효기간이 있었던 거예요
그걸 몰랐네요

여전히 어리석은 밤이었어요

햇살

커튼을 닫기 싫었던 밤과 커튼을 닫지 않은 아침으로
불쑥 너는 들어왔지

어쩐지 일찍 눈이 떠진 새벽 같은 아침과
소나기가 내리던 중에도 창문을 타넘은 햇살과 너
너와 피우던 담배를 기억해

재떨이에 꽁초는 쌓여 가고 맥주를 하염없이 비워 대던 젊은 우리
어둠이 무섭지 않았던.

강렬한 하루의 기억이 다시금 찾아올 때
여전히 담배를 피우네

마주치는 눈만으로 충분했던 그날의 이야기로 다시
비행기를 탄다면 갈 수 있을지도 몰라

영영 갈 수 없을지도 몰라

넌 여전히 예쁘니

럭키 스트라이크

텁텁한 연기를 굳이 삼키고

한숨을 내뱉으며 서서히 죽어 간다

매일 조금씩 죽어 가고 있다

한 몸 장렬하게 태우며 죽어 가는 담배처럼

그렇게 같이 죽어 가고 있었다

한숨은 물감, 밤하늘에 낭만을 색칠했다

저 달은 누가 그려 두었나

도화지를 가로지르고 있는 비행기에서는

빨갛게 타들어가는 불빛이 보일까 생각했다

쓰임이 다한 채 사망선고를 받은 꽁초를 밟아 죽이니

내게 올 죽음과 쓰임에 대한 발자국이 남는다

새벽의 수수께끼와 숙취의 두통이 시작되니

잠들 수 없는 위험한 새벽이 어느새 나를 조였다

예쁜 도화지의 뒷면에는

항상 연필의 낙서가 마구 갈겨져 있다

4부

풍덩

저 웃음 하나에 모든 걸 잊었다

저 미소 하나가 무작정 날 녹였다

네 맑은 눈동자에 빠져 버렸다

마냥 해맑은 널 보다 널 따라 웃어 버렸다

증오도
미움도
의심도
불신도
부정도
다 잊어버렸다

눈웃음과 입꼬리가
세상을 바꿀 수 있었나 보다
내 세상이 통째로 바뀌었다

차갑고 어두웠던 세상은
따스히 밝은 세상이었나 보다
참 포근하고 평화로웠다

네가 내 세상을 바꾸었다
그 예쁜 웃음으로
나를 바꾸었다

약속

첫눈을 함께 보자
첫눈을 함께 보면
더 예쁠 거라며 떠들었던 여름

잊고 있었던 약속 옆에
넌 더 이상 없었다
첫눈이 오기 전
이미 우리는 없었다

잊어버린 약속 하나가
첫눈과 함께 나에게 왔다

더 이상 우리는 없지만
어디선가 이 눈을 보고 있을 너도
그 약속을 기억할까

문득 나처럼
그 약속이 떠오른다면

멀리서 함께 보았으니
쌓일 눈처럼 묻어 두자

그저 지난 어느 여름으로

웃는 얼굴로 내리는 눈 보길
울지도 말고
아파하지도 말고
그저 예쁜 눈을 보길

고약한 생존

어듬이 드리우니
비로소 밝아진다
야산에 갇혀 숨을 죽여야 한다

해가 뜨는 것이 당연하듯 내가 죽는 것도 당연해

노려보는 눈동자를 노려본다

어둠이 가시면 살아남는 건가 죽는 건가

해 뜨는 것이 두려워

아침이 온다는 건 내일이 온다는 건 언제나 희망적인 것은 아니어서

결국 매일 떠오르는 태양이 날 죽이네

이 침묵이 좋아

보이지 않는 세상이 좋고 홀로 갇힌 어둠이 좋고

별이 낙하하면 입을 벌린다 별이 뾰족하다는 사실을 망각하기도
하며
앞을 보기 싫어 하늘과 땅만 본 탓이다

생각나지 않는 이름을 생각하느라 아침을 보고야 말았네

내가 가는 건가 그것이 오는 건가

우연하길

시간에 버려 둔 널 찾으러 간다면
다시 마주 보고 웃게 될까

저 수평선 너머만큼 멀리 간다면
내가 널 놓은 시간까지 가게 될까

달라진 지금 여기서 우리 마주한다면
어떤 감정일까

너 무슨 생각 할까
웃어 줄까
아님 고갤 떨굴까

우연히 한 번 지나는 길에
아주 우연히 잠깐 마주치자

그때 네 앞에는
환히 웃었던 우리만 떠오르길 바라며

어차피 난 잊을 수 없으니
너도 날 잊지 못하게 그저 한 번씩
그렇게만 마주치자

도망

도망을 치자
친구야
바다이자 계곡이던 그때
그곳으로

다시 갈 수 있을지 모를
그곳으로
너무 멀리 와 버렸나
많이 와 버렸어

많은 길을 지났네
많은 것을 밟고 지나왔어

연약한 모래성이 낡았어
흘러내리기 시작하고
도망을 생각했다

그리움은

어느 때의 이름
누군가의 이름

너도 그랬구나

여전히 우릴 기다리고 있어
지옥이 우릴 기다리고 있어

취한 밤에

진하게 취한 밤을
비틀거리며
널 찾아 헤맸다

우리 같이 걷던 길을
같이 있던 곳을 걸으면
혹시 네가 있지 않을까 해서
우연에 기대
널 만날 수 있지 않을까 해서
혹여나 거기서
날 기다리고 있지 않을까 해서

어디에도 없던
널 찾다
그리워하다
한밤을 헤맸다

너의 생일에

어쩌면 별 의미도 없을
수년의 달력 속 숫자에
네가 축하받는다는 건
너의 탄생에 누군가 웃었다는 것
너의 존재가 누군가에게 행복이었다는 것
넌 누군가에게 기적이었다는 것
나에게 그랬다는 것

생일 같은 건 허례허식이라던 내 삶에
널 축하한다는 건
널 보고 내가 웃는다는 것
너로 인해 행복하단 것
넌 나에게 기적 같단 것

한 번 더 웃길 바라며 써 내려가는 글
너의 웃음이 나에게 행복이니
어쩌면 이건 나를 위한 것
그러니 늘 웃어 주길 바라며

수천 번 아플 테니

봄을 잊지 않는 꽃처럼
여름을 붙잡은 비처럼
가을을 만드는 바람처럼
겨울에 올 하얀 눈처럼
나를 찾아와라

잊히지 않게
내가 널 잊지 못하게
수도 없이 나를 찾아와
머리를 휘젓고
아프게
아프게
나를 죽여라

한없이 아플 테니
수없이 죽을 테니
잊히지 마라
나는 그렇게라도

널 잡을 테니

아프게

나를 죽여라

삼켜야만

괜찮았는데
괜찮을 거라 확신했는데
내 마음조차 난 알지 못했다

네 눈물이
네 떨림이
네 목소리가
나는 아팠다

볼을 타고 흐르는 눈물과
차갑게 언 얇은 손이
네 모든 몸의 떨림이
자꾸만 나를 죽였다

차가운 두 손을
덥석 잡아 버릴 거 같아서
냅다 끌어안을 것만 같아서
잘 지내란 차가운 한마디 말하고 돌아섰다

우는 널 뒤로하고 도망치며

눈물 삼켰다

거짓말

잘 살길 바랐고
잊고 살기도 바랐고
털어 내길 바랐고

그런 내 바람이 닿았는지
그래 보이는 네 소식에
조금 무너졌다

그걸 바랐는데
분명 그랬는데
왜인지
아프게
무너졌다

이렇게 아프니
거짓말이었나 보다
그럼에도
앞으로도

넌 내 바람처럼

그렇게 예쁘게 웃기를

일기

살아 있다는 것, 아침 햇살을 보며 눈을 뜬다는 것, 밤에 별 하나를 우연히 본다는 것, 하루 한 번 웃을 일이 생긴다는 것, 길을 걷다 본 아이를 귀여워한다는 것
감사하게도 펼쳐진 사소한 모든 소중한 일상에 매일 꽤나 행복한 삶을 살기도
별것 아닌 행복이 당연해져서 어쩌면 얼마나 축복받은지 모르는 것은 아닐까 생각을 하기도
충분히 행복했구나. 좋은 날이야. 꽤 멋진 삶이야.

그랬구나

햇살

달빛

별

농담

따위

무슨 소용이니

네가 없는데

내가 보았던 건

그저 너였구나

네가 온 세상을

예쁘게 만들었구나

jesus

빠져 있어 깊고 좁은 구덩이에
여긴 더럽고 지독한 냄새가 나

술독과 쾌락적 군상의 집
중독에 벗어날 수 없어 매일 풀린 눈이 감기네

삶은 빨간색 파란색
숫자의 세계에서 나는 죽어 간다

누구는 부자가 되었고 누구는 죽었어
한 끗에 난 비틀대다 담배를 떨어뜨렸어

불에 타 무너져 내린 어느 가게를 목격하고 눈을 감았네
누군가를 위한 기도와 어느 모순

돈을 벌 거야
새까매지는 손을 박박 씻었어

눈은 탐욕에 코를 벌렁이며 혀를 내민 인간
증오한 인간이 되어 간다는 사실은 꽤나 괴롭네

날 미워하지 않으셨으면
날 버리지 않으셨으면
날 용서하셨으면 성령

기도하는 저능한 인간이 되었습니다

너의 취향

내가 좋아하는 단어를 알려 주고 싶었어
네가 좋아하는 단어를 듣고 싶어서

네가 좋아하는 사람을 듣고 싶어서
내가 좋아하는 사람을 말했어

물론 너였지만

네가 좋아하는 말
네가 좋아하는 곳
네가 좋아하는 노래
네가 좋아하는 사람
내 꿈이 된 네 취향

네가 몰라도 좋았던 모든 순간

다시 네 앞에 서면 너도 그래 줄래

한 번 나를 좋아해 줄래

한 번만 그래 줄래

보통 사람

보통 사람의 생각을 하지 못하는 사람이 있다
비관적이고 고집불통이며 악한 어느 사람이
인간을 혐오하며 인간을 사랑한 어느 사람이
따라서 보통 사람이 되지 못했다
보통 사람의 생각은 뭘까 생각했다
하지 말아야 할 것을 지키는 것
해야 할 것을 따르는 것
누군가에게 상처 주지 않는 것
이 사람은 체념했다
보통 사람의 생각은 보통이 아니었다
보통 사람이 되고 싶었던 어느 사람이 있다
비관적이고 고집불통이며 악한 어느 사람이
체념과 후회만 하고 있다

소년

초판 1쇄 발행 2025년 3월 24일

지은이 이승엽
펴낸이 이기봉
편집 좋은땅 편집팀
펴낸곳 도서출판 좋은땅
주소 서울특별시 마포구 양화로12길 26 지월드빌딩 (서교동 395-7)
전화 02)374-8616~7
팩스 02)374-8614
이메일 gworldbook@naver.com
홈페이지 www.g-world.co.kr

ISBN 979-11-388-4094-1 (03810)